わん2ミーハウス
にようこそ!

作・絵
さなか まゆみ

文芸社

わん2ミーハウスにようこそ！　もくじ

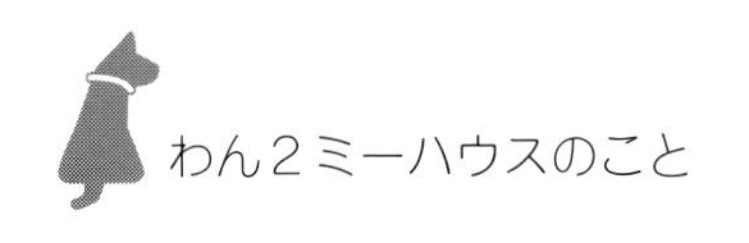

わん2（トゥ）ミーハウスのこと

あっ、あそこ。

空にかかるにじをうつしたような自動車がとまっている家が「わん2（トゥ）ミーハウス」です。

そこには「わん」が「2」ひき、犬のクッキーとアル。

そして「ミー」は、ミーと鳴く、ねこのちょび。

その三びきが、家族とくらしています。

犬が二ひきとねこ一ぴきで、「わん2（トゥ）ミー」なんです。

ハウスの主人のナナさんは、だじゃれが大好き。

「わん2（トゥ）」は、英語（えいご）にするとワン、トゥ（1、2）ということ。

そして「ミー」は、一（ひい）二（ふう）三（みい）のみい、つまり3。

「1・2・3と、わん・2・ミー！　二つの意味があるんだよ！」

と、ナナさんは、じまんしています。

ナナさんの名前だって、七月七日生まれでナナ。娘のなつちゃんは、七月二日生まれで、七の「な」と、「つ」は二が英語のトゥ（つぅ）なんです。

ナナさんのお母さんは、本当は七が重なるから「七重」と名づけようとしたんだって。

でも、お母さんの名前が「八重」だから、

「八重と七重じゃ、なんか、お笑いの二人組みたいだね。」

と言って、やめて、「ナナ」にしたんだって。

ナナさんの仕事はペットシッター。そのお店が「わん2ミーハウス」です。

ペットシッターというのは、ペットのお世話をする人のことです。

動物を飼っている人が家をるすにするときに、その家に行ってえさや水をあげたり、犬の散歩ができないときにかわりに散歩させてあげたり、ほかにも、急病のペットを動物病院に運んであげたり、ペットを一時あずかったりすることもあります。

わん2（トゥ）ミーハウスができるまで

ぶちゃ犬（いぬ）クッキー

　ナナさんのだんなさんは、近くの高校の先生をしていました。

　ある日の夕方、だんなさんが部活（ぶかつ）を終えて家に帰ると、生徒からメールがとどきました。

「先生、かわいい子犬がいて、帰れません。すて犬みたいです。」

　写真つきです。

「どれどれ。」

　犬が好きなナナさんも、なつちゃんもお兄ちゃんも、顔をよせて、けいたい電話の画面をのぞきこみました。

「わー、ぶちゃいくー。かわいいー。」

BRIDGEST
XT

そこには、茶色でたれ耳の、くまのような子犬がうつっていました。

ぶさいく、っていうのは、かわいくないことを言うんです。

で、「かわいいー」とは、いったいどっちなんだ？……ふふ、ね、ナナさん。

だんなさんは、

「わかった、とりあえずうちであずかるよ。今、行くから。」

と、生徒たちに返信をしました。

ナナさんもなつちゃんもお兄ちゃんも、わくわくしながらいっしょについて行きました。

テニス部の生徒たちが、子犬をかこんで待っていました。

「男子がボールを打って、子犬めがけてぶつけようとしてたんですよ！」

「えーー！」

「それはいけない！　明日、きびしく注意するよ。」

世の中には、とんでもない、悲しいことをする人もいるんですね。

反省してほしいね。

子犬はテニスボールが当たったようで、右の目に目やにが出てきてしまいました。よく見ると、ちょっと赤くなっています。

外に放っておかれて病気などにかかっていないかも心配です。

近くの「はなさと動物病院」でけんさをしてもらうと、じゅういさんが、

「もう少し大きくなったら、病気の予防接種をしましょう。

歯の様子を見ると、だいたい生まれて一ヵ月くらいですね。

足が大きいから、体が大きくなるかもしれない。

たぶんハスキーとシェルティの入っている、ざっしゅだね。」

と、目薬をつけながら言いました。

ハスキーもシェルティも、犬のしゅるいです。

はなさと動物病院では、ほごした犬やねこを安いねだんでシャンプーしてくれて、ダニがついていないかなどのかんたんなチェックもしてくれます。

病気などはないことがわかったのでほっとしながら、目薬をもらって家にもど

りました。


子犬を連れて来てから一週間たちました。

ナナさんのだんなさんは、引き取ってくれる人をさがしていましたが、なかなか見つからないままでした。なつちゃんは言いました。

「ね、うちで引き取ろうよ。このまま。」

実は、ナナさんもそう思っていました。子どものころは家に犬がいたのに、この家に来てからは、うさぎのうさとぴサスケくんだけだったからです。

「でもね。犬を家にむかえる、ってことは、いいかげんな気持ちじゃできないんだよ。命をあずかることなんだよ。サスケもいて大変だけどお世話もちゃんとしなくちゃいけないいし、とちゅうで投げ出すことはできないんだよ。」

なつちゃんは、「うん」とうなずきました。

こうして、子犬はナナさんの家の子になりました。

名前はクッキー。女の子。なつちゃんが名づけ親です。

クッキーは、すくすくと育ちました。

たれていた耳は、大きくなるとぴんと立ってきました。散歩でよその犬と出会うと、「遊ぼう、遊ぼう」と、ぴょんぴょんはねました。

歯のぬけかわるころになると、何でもかじってしまってたいへんでした。

スリッパ、いすやテーブルのあし、かべのかど……。

「あ～、もう、家がぼろぼろになっちゃう！　クッキー、なんでも食う気ー？」

「おかあさん、クッキー、食わないよ、かじるだけー。」

「クッキー、くうきー、しゃれだってば！」


家族とくらしているうちに、クッキーは言葉もわかるようになってきました。

散歩中ナナさんが近所の人と話している時は、じっとそれを聞いていました。

犬好きで有名な近所のおくさんが、

「あら、この子おりこうねぇ。人の顔を見ながら、よーく話を聞いているね。」

犬は、言葉をりかいできなくても、声の調子や様子で、はんだんするのです。

それから、短い言葉なら、何を言っているのか、そのうちちゃんと覚えるよね。

本当に、犬はおりこうさん。

たとえば、こんなことがあります。

犬は、「おすわり」「お手」「ふせ」「待て」「よし」など、何回かするうちに覚えるでしょう。言葉の音（おん）を、聞き分けているんだね。

なつちゃんとお兄ちゃんは、クッキーに「待て」と「よし」を教えました。そして、大好きなジャーキーをクッキーの鼻先にさし出して「待て」。

いいにおいがするのに。お兄ちゃんたらこんな近くにくっつけて。

でも、ちゃんと待ちます。食べたくなっちゃうから、ちょっと顔をそむけながら。

「よし、子。」

食べようとしたクッキーは、ぴた、と止まります。

「よし、お。」

また、食べようとして、ぴた。

「よし、ひこ。」

また、ぴた。

「よし、じゃない。」

またまた、ぴた。

「よし、だめ、どっち〜！」

また〜。なんだか、お兄ちゃん、調子に乗りすぎだね。もう、よして〜。

そして、やっと、

「よし！」

それを聞くやいなや、大きな口を開けて、ぱく！

本当に、いい子だねぇ。

こんなこともありました。

テーブルの上のお皿に、ウインナーが一つ、残っています。

クッキーはおりこうだから、みんながいたらぜったいに食べないよ。

ナナさんはそのお皿をわすれて、流しで茶わんをあらっていました。

ふと気づくと、テーブルにお皿が残っています。それもあらわなくちゃ。

「あらあら、あそこに、あらいもの。さらに、おさらをあらいまーす。

あら、い〜もの、あったよね。ウイ〜ンナー！」

取りに行くと、あれ？

「ウインナー、一つ残っていなかったっけ？」

お皿を持って、あたりを見ます。

「だれか、食べた？」

おやおや？

そこにいたクッキーが、耳をふせてにやにや笑いをしているじゃありませんか。

「クッキー、食べたの？」

おさらを持ったまま近づくと、もう、たまらない、って感じでとびのき、耳をふせて、ふせをして、にやにやへらへら、ごめんなさい。

「ごめんなさい」のしかたもだんだんじょうずになってきました。

ジャーキーが入っていたふくろをかみやぶって、ぬすみ食いをしたときなど、

「あーあ！　クッキー、ジャーキー食べたの！　あーあー。」

と、大きな声で言うと、れいの、耳をふせたかっこうで近づいて来て、正座をしているナナさんに思いっきり近よって、ひざの上に手をのせたり、ひざの間に顔をつっこんだり、体やひざに顔をすりつけたり。

やぶれたふくろを見ては、にやにやへらへら。

ねーねー、ごめんなさい、ごめんなさいってば～。ゆるしてください～。

そんな様子を見ると、かわいくて思わず笑っちゃうけど、それをいっしょうけんめいがまんして、わざとこわい声で、

「だめ。こんなことしちゃだめだよ。」

と言う、ナナさんでした。

本当に、犬っておもしろい。

あまえんぼうねこのちょび

クッキーが一才になったころのある日、中学生になったなつちゃんが、学校に行ったはずなのに家にもどって来ました。

どうしたのかと思ったら、何か大事そうに持っています。

何だろうとよく見てみると、てのひらサイズの、赤ちゃんねこでした。

目は、うっすらと開いています。ニー、ニー、と、かわいい声で鳴きました。

「これ、たのむ！　じゃ、また行ってきます！」

「たのむって！　え〜、どうすんの！　こんなあかちゃん、あかん、あかん！」

そのころのナナさんは、ペットシッターではない仕事をしていました。

でも、こんな小さなねこをほったらかして出かけるわけにいきません。

しかたがないので、だんボール箱に入れて、それを仕事場に持って行きました。

箱の中には夕オルをしいて、お湯入りペットボトルに夕オルをまいて入れ、そうして子ねこをねかしてあります。

赤ちゃんは、ひとりのまま放っておくと、体温が下がって命にかかわるのです。

「あ〜〜、かわいいね〜。」

「ちっちゃーい。」

しょくばの人たちも集まって、かわるがわる箱をのぞきました。

急なことで、道具も何もないので、細いストローにミルクをとり、それを口に入れてやります。子ねこは上手に飲んでくれました。

仕事が終わると、ナナさんは、いつものはなさと動物病院へ子ねこを連れて行きました。

「きみ、かわいいねぇ。」

いつものじゅういさんは、目を細めて子ねこを調べました。

「ノミがいっぱいついていますね。こんなに小さいと、おふろに入れてあげるのが大変なので、ひとばんあずかります。」

そして、目の細かい「くし」で、子ねこの体をすいて言いました。

「ほら、黒いこなみたいなのが取れるでしょう。これは、ノミのフンです。おふろに入れて、全部きれいにしましょうね。

……それで、どうしますか？　子ねこは里親（さとおや）さんのきぼうも多いから、しょうかいしてあげることもできるけれど、おうちで育てますか？」

あれ、どうしよう。家で相談するひまがなかった。

……ま、いっか、相談しなくても。だれもいやだとは言わないだろな。

「うちで引き取ります。」

「わかりました。明日おむかえに来てください。」

「よろしくおねがいします。」


そんなわけで、子ねこもナナさんの家の子になりました。

「にゃんてこった。ねことくらすのは、はじめてにゃ〜。にゃんとかなるか〜。

いろいろ用意するものがあるね。にゃにゃっと買い物するかにゃ〜。」

ナナさんは、わざとにゃんにゃん言いながら、お店に行って、子ねこ用のミルクとほにゅうびんと、トイレ用の小さなトレーを買いました。

子ねこの名前は、ちょびに決まりました。ちっちゃかったからね。

みんなが、ほにゅうびんでミルクをあげたがりました。びんを手でおさえながらちゅっちゅっとミルクを飲む様子が、かわいくてたまりません。

ぴょこぴょこ走れるようになると、おさらで飲めるようになりました。

でもまだ小さかったので、ぴちゃぴちゃ・ちゅっちゅっと、とちゅうでおっぱいをすうようになってしまうのです。

「こんなに小さいのに。おかあさんのおっぱいがこいしいよね。」

犬好きのナナさんも、ねこのちょびがかわいそうでいとおしく思いました。

だれも教えないのに、きちんとトイレでおしっこもできるようになりました。

そうして、いっぱいミルクを飲んで、どんどん大きくなりました。

カリカリのキャットフードも食べられるようになりました。


おっぱいを人からもらって大きくなったので、その後もご飯をくれるナナさんをお母さんと思っているようでした。夜は、肩のところに来てねむりました。のどをごろごろ鳴らしながら、ときどきナナさんの顔をなめました。

でも、ねこの舌はざらざらで、ひふのうすい顔をなめられると痛いのです。

「ありがと、ちょび。こうしていたいんだけど、いたいんだよ〜、もういいよ〜。」

そう言って、手で顔をかくしながらねても、朝起きると鼻の頭が赤くなっていることがありました。

本当に、あまえんぼうでかわいいね。


うさぎのうさとびサスケくんは、クッキーが来る前は自由に部屋の中をはね回っていましたが、クッキーが家に来ると、犬はうさぎのてきと決めているようで、ケージから出なくなっていました。

でもクッキーは、サスケくんもなかまと思ったらしく、ときどきケージの中に入りこんで、いっしょにラビットフードをカリカリ食べました。

うさぎのえさ用の草を細かくして、小さいつぶにかためたフードです。

ラビットフードを食べる犬なんて、そんなにいないよね。

しかもケージはせまいのに、上手にむりやり入るのです。それにはみんな大笑い。

その様子を見ていたちょびは、ケージの上にのっかって、すきまから手をのばし、ねこパンチ。パンチと言うよりは、「おいおい、きみはなに？　さわってみたい～」、ひょいひょい。っていう感じかな。

することはずいぶんちがうけど、本当に、犬もねこもおもしろいね。

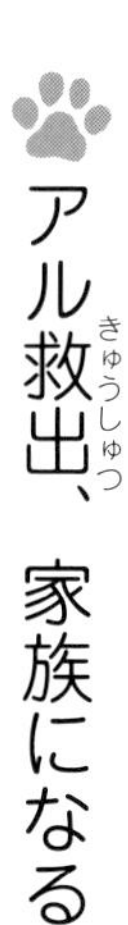

アル救出、家族になる

そして二年がたち、新しい家族がくわわることになるのです。

アルは、そのころ、ナナさんのお母さんの家のとなりに、ひっこして来た人が連れて来たのでした。

庭にくさりでつながれっぱなし。首輪はぼろぼろ。

犬小屋のまわりはフンだらけ。おしっこもその場でしほうだい。

ご飯もあまりもらえてなくて、ナナさんのお母さんはいつも気にしていました。

「きのうはね、小石を口に入れてガリガリかんでいたんだよ。」

とか、

「かんかん照りで日が当たっているのに日かげがなくて、頭だけ犬小屋の下につっこんでいたんだよ。」

とか、ナナさんに話しました。ナナさんの妹も、

「ワン、ワンってよんでいるのに、その家の人は、そばを通ってもだれも声をかけてあげないの。」

と、話しました。

ナナさんは、

「いしは、おいしくない！」

「それじゃ、ほんとのホットドッグだ〜、なんて言ってられないよ！こんなに暑くちゃ、日射病（にっしゃびょう）で死んじゃう！」

とか、

「それじゃ、そこにいるのに、いぬ！　そこで待っているのに、いぬ！」

と、おこってさけびました。だじゃれも、おこるパワーにしちゃいます。

ホット→あつい、ドッグ→犬！……いぬ、いっちゃうの？　おらぬ？　いないみたい？

ナナさんは、お母さんの家に行くたびに、アルと遊んだり、時にはその家の人におねがいして散歩させてもらったりしていましたが、帰る時は悲しい気もちでいっぱいになり、車の中では、なつちゃんと、アルのことばかり話しました。

そんなことが　二ヵ月ぐらい続いたある日のこと。

ついに、思いきってその家の人に言いました。

「おたくでは、散歩に行けないわけがあるようなので、ぜひ、アルちゃんを引き取らせてもらえませんか。」

その家のおくさんが言いました。

「うちの子たちは、犬が好きなんです。」

ナナさんは、

「小さい子どもでは、こんな大きな犬の散歩には行けません。それでは、お子さんが大きくなって、散歩に連れて行けるようになるまで、あずからせてください。」

と、言いました。

アルは、ゴールデンレトリーバーという大型犬です。おとなになると小学三年生くらいの体重になり、リードを引っ張る力もとても強いのです。

そうして、アルは、ナナさんの家に来ました。でも、まだあずかりです。

ぼろぼろの首輪は、新しいかわいい首輪にかわりました。

体の毛は、よごれてごわごわで、きたない毛玉だらけでしたが、毛玉をとって三回くらいシャンプーをすると、やっとふわふわになりました。

右がわのきばは、石をかんで少しかけてしまっているし、しっぽはたくさんの毛玉をとったので、だいぶ毛が少なくなってしまったけれど、きれいでりっぱな犬になりました。

「うん、きれいなわんこになったわん。毛玉がなかなかとれなくて、しっぽのはしっぽ、切っちゃったけど、きっとすぐはえてくるよ！　はえーく、はえて！」

……ナナさん、はしっぽ？　それ、はしっこ？　はえーく？　はやく？　また、だじゃれ。


アルは、はじめての家の中で、こまった顔でそわそわしていましたが、みんなが名前をよぶとにこにこ笑顔になって、しっぽをふりながらそばに来ました。

「アル、近い近い！」

「あいたた、足をふんでるよ！」

「つめたいつめで、いたい！」←これも、だじゃれね。

近くによりすぎたから、つめののびた足でナナさんの足をふんじゃったんだ。

つめの手入れも、しなくちゃね。

そんなに近くによって顔を近づけ、アルは、ナナさんの口をぺろんぺろんとなめました。

ところが、家に来た二日目。

ドッグランで、クッキーといっしょに走っている様子が、へんなのです。

なんか、よろよろしています。かけよって来てもちゃんと止まれず、ナナさんにぶつかってきます。

力いっぱい走るなんて、したことがないのかな？　ずっと散歩に行ってなかったから足が弱ってしまったのかな？

ナナさんは、すぐにアルをはなさと動物病院に連れて行きました。

じゅういさんは、血をとってけんさをしてくれました。

「フィラリア症にかかっていますね。命にかかわるので、入院して、すぐにちりょうをしましょう。」

フィラリア症というのは、犬がカにさされた時に、血液の中にフィラリアという「きせい虫」が入ってしまって、その虫が大きく成長すると、最後には命を落としてしまう、こわい病気です。

感染（かんせん）するときのその虫は、ミクロフィラリアと言って、〇・三ミリくらいの、目に見えないほど小さくて細い虫です。

フィラリアをもったカにさされてもその病気にかからないためには、カのいる時期に、毎月お薬を飲ませるひつようがあるんです。

アルは入院して、点てきのお薬でフィラリアを殺すちりょうを受けました。

退院（たいいん）してからも、しばらくお薬を飲ませましたが、ぶじ、命は助かりました。


病院のちりょうを受けるときに、こんなことがあったんです。

じゅういさんにアルの年れいを聞かれてもわからなかったので、ナナさんはアルの家に電話をしてたずねました。おくさんが答えました。

「たぶん、五才くらいだと思うんですけど。」

五才？　ゴールデンにしては小さいから二才くらいかと思った！　えいよう不足じゃない？

犬糸状虫症
canine filariosis, dirofiraliosis
▶犬糸状虫の寄生した心臓
犬糸状虫
(フィラリア)
左心耳
右心耳
犬糸状虫
心臓内部の図

たぶん？……だと思う？　自分の家族の年なのに？

ナナさんは、むっとするのをこらえてたずねました。

「動物病院に行ったことはないんですか？」

「二才くらいまでは、前の飼い主が連れて行っていました。」

「その病院を教えてください。わかれば、電話番号も。」

動物病院の名前はわかりました。でも、電話番号は調べるしかない。

ナナさんは、急いでパソコンに向かいました。


番号がわかりました。

電話をして病院の人に調べてもらって、たんじょう日と年れいもわかりました。

十月五日生まれの、五才の女の子でした。

そして、二才までは、いろんな予防接種（よぼうせっしゅ）もフィラリアのお薬も、前の飼い主さんがきちんとしていたのです。

でも、ということは、三年間もアルは放っておかれたんだ！

おくさんが自分で引き取ったんなら、ちゃんとお世話をしてよ。

ナナさんは、ムカムカといかりがこみ上げてきました。

それだけではなく、わかったことがありました。

犬を家族にするには、市役所に届けなくてはいけないんです。

そうして、「鑑札」をもらい、毎年狂犬病の予防接種を受けさせるのです。

なのに。

アルの家の人は、市役所に届けを出していませんでした。

フィラリアのお薬どころか、三年間、なんの予防接種もしていなかったのです。

もう、ナナさんのいかりは、ばくはつしていました。

もう、アルを帰すのはやめよう。あそこへは帰せない！

次にお母さんの家に行ったとき、ナナさんは意を決して、アルの家のよびりんをおしました。

「ピンポーン、ピンポーン。」

しんこきゅうしました。さて、なんて言い出そうか。
「こんにちは。アルちゃんのことでお話があります。
アルちゃんは、フィラリア症にかかっていました。これです。」
ナナさんは、はなさと動物病院でもらったカラーの説明プリントを見せました。
フィラリア症にかかった犬がどうなるか、絵や写真で説明してあります。
「ちりょうは、入院してぶじにすみました。全部こちらでさせてもらいました。
それで、これを機会に、一生うちでアルちゃんのめんどうを見たいんです。」
アルの家の人は、
「ちりょう代は、高いですよね。それでは申しわけない……。」
と、言葉をにごしました。
ナナさんは、きっぱりとした言い方で言いました。
「いいんです。だいじな命ですから。放っておいたら、アルは死んでいたんです。」
ナナさんは、「アルちゃんは」と言わずに、「アルは」と言いました。
アルの家の人は、何かを感じ取ってくれたようでした。

こうして、アルもナナさんの家の子になりました。

いっしょにくらすようになってしばらくは、お世話がとても大変でした。

あたりかまわずおしっこをしたり、散歩中よその犬にほえかかったりするのです。


テレビの前にできた、大きなあたたかい水たまりをふきとりながら、

「アル。おうちの中では、おしっこ、しっこなし！」

と、ナナさんがだじゃれで言うと、なつちゃんが、

「しょうがないよねぇ。おしっこ、しほうだいだったもんねぇ。」

と、言いました。

アルは、ちょっとこまったような顔でそれを見ていました。

トイレシートにおしっこのにおいをつけて、そこにさせようとしても、ふわふわなシートはおふとんのように思えたのか、反対によけてしまうのです。

ずっと外でおしっこをしてきたのだから、せめて外でさせよう。ナナさんは時間をみて、そろそろかな、と思うころに連れ出すようにしてみました。すると、うまくいったのです！　家の中では、おしっこしなくなりました。

体の大きなアルがおしっこをすると、その場所は大こうずい！

よその家の前でしちゃうといけません。

それで、ナナさんの家の前の「みぞ」でするように声をかけてみました。雨水を流す、みぞです。

これも、うまくいきました。ちゃんと、覚えてくれたのです。

これで、おしっこのなやみはかいけつです。ほっと、ひと安心。

本当に、犬はおりこうだね。


でも、カミナリが鳴った時だけは、がまんができませんでした。

こわくてこわくて、おもらししてしまうんです。

ぽつんと外にあった犬小屋にいたから、カミナリが来た時はすごくこわかったんだろうな。

　ナナさんは、むねがいたみました。

　カミナリの音が少しでも聞こえるとがくがくふるえ始めるので、まだ人の耳には聞こえないうちから、カミナリが来るとわかるくらいです。

　がくがく、ぶるぶる、それはそれは見ていて気のどくなほどふるえるのです。

　それだけでなく、かくれるところをさがすように家の中をうろうろします。

　ピアノの下にもぐったり、げんかんに行ったり。

　かくれ場所を作って入れてあげても、音は聞こえるためか落ち着きません。

　やっぱりうろうろ、あっちこっち歩き回りました。

　おふろの前では、毎回ゆかをがりがり前足でほるようにして、そのうちついにあなを開けてしまいました。

「アル、おうちの中だからだいじょうぶだよ。」

　と、だきかかえてなでてあげても、目はナナさんを見ていません。

　こわくてじっとしていられないようで、またあっちこっち歩き回ります。

夏はカミナリが多いので、ナナさんが仕事に行く時にはこまりました。

すぐにはふきとれないので、時間がたつとおしっこがゆかにしみこんでしまうのです。

それで、天気予報でカミナリが来るとわかると、おもらしすることが多い場所に、新聞紙やトイレシートをしいてから出かけました。


ある日は、夜明け前、まだ三時ころにカミナリが鳴りました。

ベッドの下にねていたアルは、上に上がり、かべに体をおしつけました。

ちょうどそこにねていたナナさんが目を覚ますと、アルが乗っかっています。

重くて暑くて、しかも、よだれが顔の上にたれてきました。

アルはいつものようにぶるぶるふるえ、はぁはぁあつい息をしています。

カミナリじゃ、しょうがないね。ナナさんは、アルをだきしめてなでました。

自分のあせとアルのよだれを、かけていたタオルケットでふきました。

「だいじょうぶ、だいじょうぶ。」

本当に、よだれさえもいとおしい。

散歩中に、小さなチワワがやって来ました。
大きなアルとくらべたら、赤ちゃんのような小ささです。
それなのに、アルときたら。ワンワンワンってほえかかるのです。
「アル。わんわん言わんでちょうだい。
小さなお友だちにほえかかるなんて、はずかしいよ。」
ナナさんが言うと、なつちゃんが、
「ずっと、お散歩させてもらえなかったんだもの、よその犬になれてないんだよ。」
と、アルをかばいます。そりゃ、そうだよね。しかたない。
それからというもの、お散歩中によその犬が来るのをアルより先に見つけて、
「アル、お友だちだよ。ほえちゃだめ。ほえちゃだめだよ。」
と、話して落ちつかせるようにしました。一日二回、毎日、毎回です。

クッキーはほえないので、アルの目の前でとてもほめてみせました。

「クッキー、いい子。アル、ほえちゃだめ。」

教えるのに、大好きなジャーキーを使ってみました。アルがよその犬を見つけたら、気をそらすためにジャーキーを見せるのです。

そして、よその犬が通りすぎるまでほえないでいられたら、「いい子」と言ってジャーキーをやりました。

「いい子」という言葉を覚えさせるために、何度もくり返しました。

いい子でがまんできたら、ごほうびにジャーキー、というのをくり返すうちに、ちょっとずつ、ほえないでいられるようになりました。

くいしんぼうのアルは、ジャーキーを使うとがんばれるのです。

ナナさんの家に来てからしっかりご飯を食べて体重もふえ、力も強くなったので、がまんができなければおとなでもかんたんに引っ張られてしまいます。

がまんができないころは、よその犬が近づく前に、すわらせたアルの体を、後ろから足ではさむようにして首輪をにぎりしめ、体重をかけてとびかからないようにおさえていました。

それも、もうしなくてだいじょうぶになりました。

そうなるまでには、いろんなくろうがありました。

一度などは朝の散歩で、大変な目にあったことがあります。

曲がり角のそばでしたフンをナナさんがひろっていた時に、不意に角を曲がってきた犬とおばさんがいました。

アルはいきおいよくその犬めがけてかけ出し、クッキーもつられて引っ張ったために、角にせなかを向けてしゃがんでいたナナさんは、後ろ向きに引きたおされてしまいました。

そして、コンクリートの道路に頭を強く打ちつけて、「のうしんとう」を起こしてしまったのです。

あお向けにたおれたナナさんの目に、さかさにぼーっと、二ひきがかけもどって来るすがたがかすんでうつりました。

しばらくそのまま休んでいましたが、どろだらけになってなんとか家に帰り着くと、心配しただんなさんは救急車をよびました。

救急病院でけんさなどしてもらい、さいわいどこも悪くなかったのですが、その日は仕事を休んで、大きくはれたところを冷やしながら横になっていました。

そして、リビングに横になるナナさんのそばにはアルが来て、頭をつけるようにしてねていました。

心配していたのかな。

大きな犬のお散歩では、そういう事故が起こることがあります。

しつけはとても大事です。

でも、「不意に」ということは、しつけられた犬でも苦手なことなので、不意打ちがないように注意をしなくてはなりません。

その後ナナさんは、曲がり角近くでフンをひろうとき、とても気を配るようになりました。

料金受取人払郵便

新宿局承認

6418

差出有効期間
2020・2・28
まで

（切手不要）

郵便はがき

1 6 0 - 8 7 9 1

141

東京都新宿区新宿1－10－1

(株)文芸社

愛読者カード係 行

ふりがな お名前		明治 大正 昭和 平成 年生 歳
ふりがな ご住所	□□□-□□□□	性別 男・女
お電話 番 号	（書籍ご注文の際に必要です）	ご職業
E-mail		
ご購読雑誌（複数可）		ご購読新聞 新聞

最近読んでおもしろかった本や今後、とりあげてほしいテーマをお教えください。

ご自分の研究成果や経験、お考え等を出版してみたいというお気持ちはありますか。

ある　　ない　　内容・テーマ（　　　　）

現在完成した作品をお持ちですか。

ある　　ない　　ジャンル・原稿量（　　　　）

名			
お買上 書店	都道 府県　　　市区 郡	書店名	書店
		ご購入日	年　月　日

本書をどこでお知りになりましたか?

1.書店店頭　2.知人にすすめられて　3.インターネット(サイト名　　)

4.DMハガキ　5.広告、記事を見て(新聞、雑誌名　　)

上の質問に関連して、ご購入の決め手となったのは?

1.タイトル　2.著者　3.内容　4.カバーデザイン　5.帯

その他ご自由にお書きください。

(　　)

本書についてのご意見、ご感想をお聞かせください。

①内容について

②カバー、タイトル、帯について

弊社Webサイトからもご意見、ご感想をお寄せいただけます。

ご協力ありがとうございました。

※お寄せいただいたご意見、ご感想は新聞広告等で匿名にて使わせていただくことがあります。

※お客様の個人情報は、小社からの連絡のみに使用します。社外に提供することは一切ありません。

■書籍のご注文は、お近くの書店または、ブックサービス(0120-29-9625)、セブンネットショッピング(http://7net.omni7.jp/)にお申し込み下さい。

道路を歩いているときにふざけっこするのもきけんです。

アルには、「だめ」も「いい子」といっしょにしっかり覚えてもらいました。

散歩から帰って来て、よその車が入って来ない家の前の私道でだけ、ふざけっこするのがゆるされます。

どたどた、ぴょんぴょん、大はしゃぎ。

リードをくわえて引っ張りっこしたり、おっかけっこで走り回ったり、このときだけは、大あばれもオーケーです。

ねころがってあお向けになり、路面でごろごろ、せなかをすりすり。

とくにこの「ゴロスリ」が大好き。気持ちいいのかな。

あお向けでリードを手にからめ、大きな口を開けてかもうとしているところは、なんだかヘビをやっつけているみたい。それにしても、おかしな顔で、笑っちゃう。

いつもたれている耳が広がり、きばがむき出しになっててかいじゅうみたいだよ。

そんなアルのそばで、クッキーは私道の入り口を向いて番犬になってる。

でこぼこコンビだね。

本当に、犬ってあいらしいなぁ。


こんなふうにして、アルは家族としていろんなことを覚えていきました。

でも、三年たった今も、まだまだよその犬に向かってついほえてしまいます。

カミナリも、あいかわらずこわくて、時々おもらししちゃう。

それに、クッキーもちょびも、レバーを下げてドアを開けられるのに、三年たってもアルは開けられません。開け方を覚える気もないみたいです。

赤ちゃんのうちからずっと家の中で家族の声を聞き、家族のすることを見てきたクッキーやちょびとはちがって、覚えられず、わからないことも多いようです。

でも、そのままでいいんだよ。ずっと、ありのままで。

そのままそこにいるだけで、わたしたちに幸せをくれているんだもの。

そう、ナナさんは思います。心から、思います。

本当に、犬もねこも、すばらしい。


アル八才、クッキー七才、ちょび六才。

2わんと1にゃんは、かけがえのない家族です。

そして、ナナさんは考えました。

このけいけんを、仕事に生かしたいな。そうだ。ペットシッターになろう。

動物の気持ちをくみとり、人に伝(つた)えられるような、ペットシッターになりたい。


はい。

ここから、ペットシッターのお店「わん2(トゥ)ミーハウス」のお話が、始まるのでした。

ミニチュアダックスフンドのジョンくんの場合

あずかりのジョージくん

わん2ミーハウスのお仕事が始まって間もなくのことです。

黒くて長い髪の毛をした、声の小さな女の人が、店をたずねてきました。

ほんとに声が小さいんです。

「こん………。」

「あ、は、はい。こんにちは。」

「犬を…………さい。」

「は、はい？」

「あずかっ…て……さい。」

「あ、わんちゃんのあずかりですね。」

ナナさんは、つい、ちょっとだけ大きな声になってしまいました。

「それでは、これにご記入ください。」

お客様カードをわたしました。

まどの近くにテーブルといすがおいてあり、そこで記入ができるようになっています。

女の人が書くのを少しのぞいてみると、カードの一番上のところには、

「ミニチュアダックスフンド・ジョージ・オス・十六才／南野かすみ」

と書いてあります。

「十六才ですか。すごいですね。長生きですねー。」

ナナさんは、首輪につける名ふだに「ジョージ（南野様）」と書きこみました。

ほねの形をした、かわいい名ふだです。

カードにはひつようなことを細かく書くので、少し時間がかかります。

お世話する日にちなどのほか、食事や散歩、トイレについて。それから、犬のせいかくとか、好きな食べ物とか、にが手なこととか……。

その子のことをくわしく知って、ちゃんとお世話ができるようにするのです。

書き終わるとその女の人は、

「連れ……ます。」

と言って、外に出ようとしました。

「はい。」

よく聞こえなかったけど、たぶん犬を連れに行ったんだろうと思って返事をしました。

カードを見ると、今日と明日の二日間と書いてあります。

わん2（トゥ）ミーハウスには広い部屋がないので、たくさんのあずかりはできませんが、できるはんいであずかることもしています。

少しすると、女の人が犬を連れてもどって来ました。

白とはい色と茶色のまだらもようがある、小さな犬です。

ナナさんが近づくと、しっぽをふりました。

「こんにちは。いい子だね。よろしくね。」

十六才の「おじいわん」らしく、口の横からべろがちょこっと出ています。

その場所の歯がないみたいです。歩くと、後ろの左足を少しひきずるようにします。

「これ……。」

と、女の人が紙ぶくろを出しました。あずかる間のドッグフードは、いつも食べているものを持って来てもらうようになっているのです。

「フードですね。おあずかりします。」

受け取りながらナナさんは、「小さな犬なのにずいぶん多いな」と、思いました。けっこうずっしり重みを感じます。

持ってくる分を分けるのがめんどうで、全部持ってきちゃったのかな？

「おねがい…ます。」

そう言うと、女の人はしずかに出て行きました。

「は～い、お受けしました。行ってらっしゃい！」

ナナさんは、明るい声で見送りました。

お世話をたのみに来る人は、どこかへ出かけるのに、ペットを連れて行けないという理由が多いので、ナナさんはいつも、「行ってらっしゃい」と声をかけるのです。

店のげんかんから「あずかりさん」（ナナさんはあずかった動物たちのことを、そうよんでいます）の部屋に続いていて、すぐに行けるようになっています。あずかりさんの部屋の、もう一方の出入り口は、ナナさんの家のろうかにつながっています。ろうかの向こうはリビングです。

ろうかからのぞいているクッキーが、「おきゃくさん？」というようにナナさんの顔を見ました。

「おとまりのお客さんだよ。なかよくしてね。」

ナナさんはそう言って、

「クッキー、いい子。いくよ、ほい。」

と、ごあいさつのように、ジャーキーを投げます。クッキーはキャッチがとても上手で、どんな投げ方をしても口でうまくキャッチできるのです。

当たり前のようにさっと口でジャーキーを受けると、もぐもぐごっくんと食べました。

「ナイスキャッチ。クッキー、ジャーキー、キャッチー、じょうできー。」


クッキーは、ちょっと人見知りのせいかくです。

子犬のころは、ぴょんぴょんはねて、だれにでも「遊んで、遊んで！」という犬だったけれど、その時ナナさんがしていた別のいそがしい仕事のために、ずっとるす番をさせることが続いたころから、ちょっと「しんけいしつ」でこわがりなせいかくがあらわれてきてしまいました。

うさぎのサスケくんは相手になってくれないから、暗くなるまで一人ぼっちで、かわった音がするたびにびくびくして耳をそばだて、長い一日をすごしていたのかなぁ。

仕事のために、しかたなかったんだけど、本当にかわいそうだったなと、今もナナさんはクッキーに申しわけなく思っています。
クッキーと入れかわりに、アルが来ました。
「あなた、だれ？」と、ちょっとほえようとします。
ナナさんは、いつものように、
「お友だちだよ。ほえちゃだめ。なかよくしてね。」
と言って、アルにジャーキーをあげました。ついでに、「ジョージくん」にも
あげました。
アルは、ジョージくんに顔を近づけて、クンクンクン、と音を立ててにおいを
かぎました。
ジョージくんは、にこにこしっぽをふっています。
おっとりとしたせいかくのようです。アルも、にこにこ顔になりました。
「ジョージくん。よろしくね。アルだよ。」
その後、ほかのお客さんの家を「ほうもん」して、かわいいにゃんこのお世話

をすませて帰って来たナナさんは、夕方のお散歩に行くことにしました。

そして、ジョージくんのカードをきちんと見直してから言いました。

「お散歩なし、って書いてあるな。足も不自由だしおじいわんだから、あんまり歩けないのかな。でも、外は気持ちがいいから、ペットカートに乗せて行こう。」

「クッキー、アル、わんぽに行くよ～～！　わんぽだよ～！」

大きな声でナナさんがよぶと、二ひきが走ってきました。

ベビーカーのようなカートに乗せたジョージくんも連れて、いつもの道をお散歩です。

「今日はね～、お天気もいいし、お友達もいるから、五十分コースね。」

団地（だんち）から、そうごう公園へ回るコースです。

いろんな犬がお散歩しています。大型犬は、ほとんどいません。

しば犬やマルチーズなどの小さめな犬が多く、小さい子たちの中には、クッキーやアルを見ただけで、火がついたようにほえてくる子がけっこういます。

大きな犬がこわいのかな。でも、やさしいよ。ほえないでね。

いつも、ナナさんは心の中でそう言います。

アルは、リードを引っ張ってほえようとしますが、なんとかがまんできています。

「ほえちゃだめ、ほえちゃだめだよ。ほえないで、いい子。」

ほえる犬たちに何も言わず、当たり前のようにしている飼い主さんがいると、ナナさんは聞こえるようにそう言って、見えるようにしてジャーキーをあげます。

せいかくがあってむずかしいけれど、しつけてみればそんなにほえなくなるかもしれません。根気がいるし、なかなかうまくいかないけれど、何度でもためしてみたいね。

自分の犬がほえると、よく、だまらせるのに大声で「どなる」人がいるけれど、それはぎゃくこうかなんだって。犬は、飼い主さんも、自分といっしょに「ほえて」くれたと思って、もっとほえちゃうんだって。

しつけをするには、犬のことをよく知らなければならないんだね。

三びきで楽しくわんぽをすませ、お店のげんかんで足をあらって家に入ると、もう、ジョージくんは、みんなの中にとけこんでいました。

気立てのいいわんこなんだね。

ずっと家にいるねこのちょびも、はじめは「グーー」と、けいかいする声を出して二階へ逃げて行ったけど、そのうちにリビングにおりて来て、キャットツリーから見下ろしていました。ちょびも、とてもおくびょうなせいかくなんです。

あずかりさんはほかにいないので、家族のようにいっしょにご飯を食べてくつろぎました。

次々に帰って来た娘のなつちゃん、お兄ちゃん、だんなさんも、

「へぇ〜。十六才なの。すごい。おじいわんなんだね。」

「かわいいね〜。やさしくて、いい子だね!」

と、それぞれになでてかわいがりました。

その夜は、リビングのすみに気に入った場所を見つけてねそべっていたジョージくんを、あずかりさんのケージに入れずに、そのままそこにねかせてやりまし

た。なんと、アルがそばにねころんでいました。ジョージくんのことを気に入ったのかな。

おむかえが、来ない！

次の日になりました。

朝の散歩にはジョージくんを連れて行きませんでしたが、夕方の散歩にいっしょに行って、おむかえの時間を待ちました。

さて。

もう、みなさんは気づいていると思います。

ジョージくん？　ジョンくんじゃないの？　って。まちがっているよ、って思った人もいるでしょう。そうなんです。そのわけは、これからのお話です。

おむかえの時間をすぎて夜になっても、「南野さん」は来ませんでした。

カードに書いてある電話番号に電話をしてみましたが、

「この番号は、げんざい使われていません。」

と、ろく音の声がくり返すだけでした。

あーー。だまされたのです。ナナさんはさけびました。

「そうかー。車のナンバーを、覚えていればなーー！　なんばーこった！

ちょっと数字を見たのに、覚えてなーい！　いったい、どこのだれだーー！」

車のナンバーがわかっていれば、持ち主がわかるのです。

「なんてこった」ね、ナナさん。なんばこった、じゃ、そのしゃれちょっと寒すぎだよ。

どうりで、ドッグフードが多いはずです。家にあるのを全部、持ってきたんだね。

そう言えば、「ジョージ」とよんでも、あまりそばに来なかったんだよ。

おじいわんで耳が遠いのかと思ったけど、きっと、ちがう名前なんじゃない？

動物病院に電話で問い合わせても、名前がちがっていたら、もうむり。見つけられない。

次の日、ナナさんは、かりの名前「ジョージくん」のポスターを作りました。口のわきからちょこっとべろがのぞいて笑っているかわいい写真と、体の毛のもようがわかる写真をのせて、「飼い主さんをさがしています」と、大きくタイトルをつけました。

オス、十六才。おっとりしていてやさしい。左の後ろ足をひいて歩く。など、とくちょうも書きました。

最後に、れんらく先「わん2ミーハウス」と、電話番号も書きました。

「ジョージくん」を連れ、ポスターを持って、いくつかの動物病院をまわりました。

「すみません。この子、知りませんか?」

「うちには、来たことがないですねぇ。」

はなさと動物病院や、その日行った、ほかの動物病院では、見つけることができませんでした。しかたがないので、病院の前にポスターをはらせてもらって帰

飼い主さんをさがしています。
ミニチュアダックスフンド
オス 16才
歩く時 左足をひきずる。
元気でやさしいせいかく
お心当たりの方は

りました。

その帰り道でも、何けんかの家におねがいして、へいや電柱にはらせてもらいました。

ナナさんの住んでいるはなさと町ではないのかもしれない。近くだと、すぐに見つかってしまうからね。

何も知らずにねむっている「ジョージくん」。

昼間は、時々、げんかんから外をながめてた。何を思っているのかなぁ。

その日の夜はインターネットで、近くだけでなく、ちょっと遠くまでの動物病院をみんな調べました。なぜ動物病院なのかというと、こんなに年を取っているから、ぜったい何度か、病院に行っているはずだと思ったのです。

次の日の仕事は三けん。

まず、バーニーズマウンテンドッグのジーニーくんのお散歩です。体重が五十キロいじょうあります。

お父さんがこしを悪くしてお散歩に行けず、お母さんもお子さんを保育園に送ったり、仕事に行ったり、いそがしいのです。

朝、八時にお家に行きました。九時まで、一時間の予定です。

こしをいためたお父さんにあいさつすると、ジーニーくんを連れて、川の土手にある道に行きました。

後ろ足で立つと、背の高さがナナさんとならぶくらいのでっかさ！

連れているのか連れられているのか、わからないような感じです。

川ぞいの道は草がたくさんはえていて、いい気持ち。

ちょっと走って遊べるところもあり、いっしょに走り回っておにごっこ。

ジーニーくんは大きいのに、おとなしくてちょっぴり人見知り。じゃれるときはパワフルでもよく言うことを聞いてくれるので、道を歩くのはかんたんでした。

強く引っ張られることもなく、楽しくお散歩できました。ジーニーくんの家に帰ると、お散歩きろくのカードを書いてわたしました。

その後、車で次の家に行き、よくほえるコーギーの男の子と、おとなしいお母さん犬に会いました。

その二ひきの散歩が終わると、お昼ご飯のために一回お店にもどりました。

早めにお昼をすませ、かわいいにゃんこのお世話に行きます。

お客さんから、家のカギをあずかっているのです。「ほうもん」のお世話です。ねこは、ペットホテルなど場所がかわると、ストレスでご飯も食べられなくなってしまうことも多いので、自分の家に置いたまま出かける人がふえてきました。

そういう人が、ペットシッターにたのみに来るのです。

団地(だんち)の横の丸井さんの家は、歩いて行けるところです。今日で三日目。

「まめちゃん。来たよ。」

ナナさんは、ドアを開けると、ねこのまめちゃんにあいさつしました。

はじめのうちは、かくれていて、なかなか出て来てくれませんでしたが、今はもう仲よしです。

ケージの中の水を取りかえ、うつわにフードを入れました。

ろうかを通って、おくのトイレのドアを開け、中にあるねこトイレの中をおそうじしました。お客さんがるすの時に家の中に入るので、この仕事は信用第一です。

少しまめちゃんと、ねこじゃらしで遊びました。それも仕事のうちです。

まめちゃんは、ねこじゃらしが大好き。とってもかわいくて、仕事をわすれそうです。

「お父さんもお母さんも、今日は帰って来るよ。じゃあね。」

そう言って、まめちゃんの家の仕事も終わりました。

さあ、残りの時間で、いくつの動物病院を回れるだろう。

家に帰ったナナさんは、きのうパソコンで調べていんさつしておいた、動物病院の場所がのった地図を持ち、「ジョージくん」を車に乗せると、

「う〜〜ん。どっち回りにしようかな。南か北か。東？　西？」

「きたから来た。なんちゃって。いや、にしにしよう！」

……というわけで、家の西がわにある動物病院からたずねることにしました。


二時間がたちました。

もうすでに、八けん回りましたが、見つかりません。

そろそろ外が暗くなってきました。ジョージくんも、つかれたよねぇ。

あれからまた五けん回りましたが、わかりません。

今日は、ここまでかな。


次の朝になりました。今日は、五けんのお仕事です。

ジーニーくんのお散歩は、楽しみになってきました。

やさしくて大きなわんこといると、とても幸せな気持ちになります。

そして、コーギーの親子。

それから、しば犬のふくちゃんの具合（ぐあい）が悪くなり、病院まで車で送りむかえをしてあげます。「おばあわん」のふくちゃんは、じんぞうの病気なんです。

七十二才のおばあちゃんと二人ぐらしなので、ナナさんは、動物病院までつきそってあげます。

後は、二ひきのねこの家と、フェレットのモカちゃん。

全部すませるのには、きのうより時間がかかりそうです。

「今日は、南ね。南の病院を、みな見る。」

みなみをみなみる！……ちょっと、ナナさん、北、西に続き、いけてるね。

だじゃれのように、うまくいくといいんだけど。

ジョージくんは、ジョンくんだった

南がわの動物病院を、もう十けんも回ったでしょうか。

空はずいぶんと暗くなってきました。

もうすぐしずみそうな夕日がいちご色をしています。真っ赤な空に、こい灰色の雲がすうっと、流れるようにうかんでいます。

「あー！　きれいな夕日！　ジョージくんも、見る？」

そう言って、ナナさんが「ジョージくん」をだっこしようとした時です。

「あれ？　ジョンくん？　ジョンくんじゃないの。」

そう言って声をかけてきたお姉さんがいました。

ミニチュアダックスフンドを連れています。

「ジョンくん？」

と、ナナさんがふり向くと、「ジョンくん」は、しっぽをふりふり、お姉さんとわんこの方に近づきました。

「やっぱりジョンくんだ。どうしたの。」

「ほんとにーーー！」

ナナさんは、これまでのことを話しました。

わん2（トゥ）ミーハウスにあずけられたこと。お客様カードに書かれた電話番号などがみんなちがっていたこと。れんらくがつかなくて、こまっていたこと。

お姉さんは、うなずきながら聞いていましたが、聞き終わると「ジョンくん」のことを教えてくれました。

お姉さんの話は、こうです。

ジョンくんはお姉さんの家の近くで、おじいさんといっしょにくらしていました。

ちょっと足をひいて歩くけれど、ジョンくんはとても元気で散歩が大好き。時々道でいっしょになり、お姉さんの家のクーちゃんともなかよしになったそうです。

ところが、十日ほど前、おじいさんが亡くなってしまったのです。

お姉さんは、おそう式に行ったそうです。そこで聞いた話では、おじいさんの孫の一人がジョンくんを引き受けてくれたということでした。

「お孫さんのれんらく先はわかりませんか？」

「ちょっと、わからないですね。」

「じゃあ、お家の場所を教えてください。」

ナナさんは、動物病院をいんさつしてきた地図を見せて、ペンをわたしました。

お姉さんは、地図にしるしをつけ、「金井」と書くと、そこに電話番号も書いてくれました。

「わたしの家はここで、ジョンくんが住んでいたのはここです。

何か、お役にたてることがあれば、こちらに電話してください。」

「ありがとうございます。」

ナナさんは、残っていたジョンくんのポスターをお姉さんにわたして、

「もし、何かわかったことがあったら、うちに電話をもらえると助かります。」

と、おねがいしました。

「あなたは、ジョンくんだったのね。本当の名前がわかって、よかったな。」

帰りの車の中で、ちょっとだけほっとしたけれど、ジョンくんとおじいさんのわかれを考えると、じんわりなみだがうかんできたナナさんでした。


それから何日かは、とてもいそがしかったり、雨がふったりで、あっという間

にすぎてしまいました。今日は日曜日。でも、お仕事が一つだけ入っています。

ジョンくんは、ねていることも多いけれど、とても元気で部屋を歩き回っていました。

ナナさんは、気になりながらもジョンくんの家さがしについては何もできませんでした。

そんな時電話が鳴り、仕事の話かと思って出ると、あのお姉さんの声が聞こえてきました。

「今ね、おじいさんの家に、だれか来てますよ。親せきの人かもしれません。家の中のかたづけをしているようです。」

「本当ですか！　すぐ、行きます！」

地図で見ると、おじいさんの家は車で二十分くらいのところでした。

ジョンくんを乗せて、あわてず急いで安全運転でかけつけると、何人かの人が荷物を出したり運んだりしている家があり、すぐに見つけることができました。

「おいそがしいところ、すみません。」

ナナさんは、トラックの近くにいる男の人に声をかけました。

「実は、ここに住んでいたわんちゃんが、わけあってうちにいるんです。飼(か)い主の方をさがしていて、こちらだと聞いたので来ました。」

男の人は、「ああ」と言ってげんかんから家の中に向かい、

「北野さん、お客さんだよ。」

と、よんでくれました。

ええ、南野さんじゃなくて、北野さんだったのね。

出て来た男の人に、ナナさんは軽く頭を下げてあいさつしました。

「こんにちは。このわんちゃんなんですけど。」

と、足もとでおすわりしていたジョンくんの頭をなでました。

「ああ。じいさんが飼っていたね。」

ナナさんは、髪(かみ)の毛の長い、あのお孫さんのことをたずねました。

「それは、きっとかすみちゃんだな。おい、だれか、かすみちゃんの家のれんらく先がわかるかい？」

その北野さんが聞いてくれて、「北野かすみ」というお孫さんの住所がわかりました。

ナナさんは、やった～、という気持ちで住所を書いた紙を受け取りました。

「おじいちゃんとのお散歩道、なつかしいよね。ちょっと、お散歩して行こうか。」

ナナさんは、お散歩バッグとジョンくんのリードを持って、歩こうとしました。

すると。

ジョンくんが、とことこと歩き出したのです。

「お気に入りのお散歩コースがあるの？」

ナナさんは、ジョンくんに、自由に歩いてもらうことにしました。

車通りが少ない住宅地（じゅうたくち）を行くと、小さな公園がありました。

そこへジョンくんは入って行きます。ベンチの前に止まりました。

「ここで一休みしていたんだね。」

そう言ってナナさんがすわると、子どもたちがよって来ました。

「あー、ジョンくん。ジョンくんだ。」

「この子ねぇ、ごみ拾いが上手なんだよ。」

「ごみ拾い？　へぇ～。」

「おじいちゃんがね、いつも、ごみをはさむやつを持って、公園や道路のごみや空きカンを拾ってくれてたの。」

「それでね、ジョンくんも、いっしょになっておかしのふくろとか、拾っていたんだよ。」

「へぇ～、そうなんだ～。いいおじいちゃんと、いいわんこだね～～。」

ジョンくん。きみ、人気者だったんだね。」

車の方に向かうナナさんとジョンくんを、子どもたちみんなで見送ってくれました。

北野かすみさんの家は、おじいさんの家から車ですぐのところでした。歩こうと思えば、おじいさんの家まで楽に歩けます。

ジョンくんも、歩ける道のりかな。元気だから、大丈夫かな。そう、ナナさんは考えながら車をおりてよびりんを鳴らしました。

「あら、ジョン！」

出てきたおくさんが言いました。かすみさんのお母さんでしょうか。

「かすみのお友だち？」

そう言われて、ナナさんは、

「え、はい、まぁ。」

と、つい、答えてしまいました。なんて言ったらいいか、わからなくなっちゃったんです。

「かすみがむりにジョンをおねがいしたんじゃないでしょうねぇ。引き取ってもらえた、って言ってたけど。」

「あー、それが、まぁ、あの。いや、そんなこともないような、あるような。」

ナナさん、がんばって。

「かすみさん、いらっしゃいますか。」

「すぐそこのコンビニに行っているから、もう帰ってくると思うよ。」

「わかりました。行ってみます。」


少し歩いてコンビニの前に行くと、お店から、髪(かみ)の長い、あの女の人が出てきました。

ナナさんとジョンくんを見て、あっ、というように、口が開きました。小走りににげ出そうとしています。

「待って、北野かすみさん。」

それを聞いて、もう知られている、とわかったのでしょう。走るのをやめました。

「少し、話そう。おねがい。」

お店の駐車場(ちゅうしゃじょう)の横で、二人は話し始めました。

「ジョンくん、とってもいい子だねぇ。どうして、おきざりにしたの。」

「………。」

「おこらないから、正直に教えて。」

「とし…とってるし。足…ひきずってるし。…べろ…出てるし。お散歩に行くのがはずかしい。」

「そっか〜。もう、十六才だものねぇ。見かけは、きれいじゃないよねぇ。う〜〜ん、でもね。……あっ。」

ナナさん、何か思いついたようです。

「ちょっと、いっしょに来て。」

地図を見ながら、歩き始めました。

十分ほど歩くと、あの公園が見えてきました。ちょうど、まださっきの子どもたちが遊んでいます。

「あ、ジョンくんだ〜！　また、来てくれた〜。」

「ジョンくん、ジョンくん！」

子どもたちが集まって来ます。北野かすみさんは、びっくりして見ています。

ナナさんは、自分のことでもないのにじまんするように言いました。

「ジョンくんはね、とても人気者なんだよ！　おじいちゃんもね！」

そうして、おじいさんとジョンくんのごみ拾いの話や、みんなにとても知られて親しまれていることを話しました。

ジョンくんの、気立てのいいやさしいせいかくのことも話しました。

「何日か、いっしょにくらしてみてよ。ほんとにいい子で、ぜったい、幸せをくれるから。」

ナナさんは、心のそこからそう伝えたかったのです。

北野かすみさんは、しばらくだまっていましたが、首をこっくりとたてにふりました。

ナナさんは、ふ～～っと息をはきました。そして、にっこりと笑いました。

何日かして、いちごもようのふうとうの手紙が、ハウスに届きました。

あの日から、ジョンくんは、北野かすみさんの家にもどっています。

「ナナさんへ
あの日は、わざわざ来ていただいて、どうもありがとうございました。

いろいろとごめいわくをおかけして、本当にすみませんでした。いけないと思いながらしてしまったことなので、心からはんせいしています。

子どものころは、子犬のジョンとよく遊んだし、お散歩にも行っていました。おとなになってあまりジョンとは遊ばなくなり、ジョンも年を取ってよぼよぼになったので、かわいいと思えなくなっていました。

わたしは、おじいちゃんのことが好きでした。やさしくて、いろいろ教えてくれたおじいちゃんでした。それなのに、おじいちゃんが大事にしていたジョンをじゃまに思ってしまったことを、とてもこうかいしました。今は、ジョンがおじいちゃんの家族だから、わたしにとっても家族だと思えて、お散歩しながらジョンに話しかけています。

子どもたちも、いつも声をかけてくれて、ジョンもうれしそうです。わたしも今は、とてもうれしい気持ちです。
ナナさんは、犬が幸せをくれると言いました。わたしも、なんだか、そのこと
がわかってきたように思います。
また、ジョンに会いに来てください。お待ちしています。
北野かすみ」

そう、書いてありました。

ゴールデンレトリーバーのモミジちゃんの場合

わんこのつどい

娘のなつちゃんが通っているピアノ教室は、岡田さんの家です。

そこには、アルと同じゴールデンレトリーバーのモミジちゃんがいました。やさしい、「おばあわん」です。

アルが家族になった時になつちゃんは、ピアノのとも子先生に、

「先生、うちにもゴルが来たんだよ!」

と、話していました。「ゴル」というのは、ゴールデンレトリーバーのことです。犬仲間では、ちぢめて「ゴル」と言うのです。

ちょっと前には、同じゴルのハナちゃんもいたので、やせているとも子先生がハナちゃんとモミジちゃんを連れてお散歩していると、「大変ですねぇ」と、よ

く声をかけられたそうです。

「でも、ふたりとも、体は大きくてもやさしくて、ぜんぜん大変じゃなかったんだよ。家にふたりがいて、わたしはとっても楽しくて、つかれていてもお散歩に行きたかったし、元気になれるんだよね。」

犬好きな人たちは、犬のことを一ぴき二ひき、と言わず、「ひとりふたり」と、人間を数えるように言うんですね。

「先生、まったく同じことを、うちのお母さんも言っているよ！『つかれたから、わんぽに行って来る！　茶わんあらいはまかせた、やっといて』って。

茶わんあらいしたくないだけかもしれないけど。ふつうは、つかれたら散歩がめんどうじゃないかと思うよね。」

レトリーバーのような大型犬は、ねこや小型犬とくらべるとあまり長生きではありません。十才をすぎると、もうそろそろ「ご長寿（ちょうじゅ）わんこ」です。その後何年間生きるかは、その年月を「神様からのプレゼント」と言うこともあるくらいです。

ハナちゃんは、半年前に十四才で亡くなりました。とも子先生は少しピアノ教室をお休みしました。次のレッスンの時はいつもの元気な先生にもどっていましたが、みんなが帰った後など、いっぱい泣いていたのをなつちゃんは知っていました。レッスンの後わすれ物を取りにもどった時、ピアノの上に顔をふせてじっと動かないでいるのを見てしまったのです。

身近な人や家族を亡くしたけいけんは、なつちゃんにはまだありませんでしたが、とも子先生を見ていて、そんな感じなのかなと、その気持ちがわかるように思いました。

モミジちゃんももうすぐ十四才です。じんぞうがだいぶ悪くなってしまったので、家で点てきのような注射をするのだそうです。はなさと動物病院では、わざわざ毎日病院に通わなくていいように、注射のしかたを教えてくれるのです。

ピアノのレッスンの後、「ゴルばなし」に花がさいておしゃべりしていた時に、とも子先生がそう話してくれました。

犬のせなかの皮の下に、点てきの薬を注射(ちゅうしゃ)するのです。

「ラクダのこぶの、ちっちゃいバージョンね。中身が薬の。モミジのせなかにそんなのを作るの。はりをさしても、はりが太いから、さすのにきんちょうしたけど、いたくないみたい。はりをさしても、モミは何も言わないし動かないいんだよ。」

そう、とも子先生は笑って言いましたが、モミジちゃんも年を取って、さいきん歩けなくなってきたので心配だな、となつちゃんは思いました。


それからまもなくして。

「わんこのつどい」のおさそいがありました。みんなでバーベキューなどをして、人やわんこの友好(ゆうこう)を深める集まりです。いつも、たくさんの人とわんこが集まって、楽しくすごします。

「飯田看板(いいだかんばん)」というかんばん屋さんのご夫婦が開いてくれるのです。

ご夫婦は「犬の人」を自分から名乗るくらい犬好きで、大きなわんこが五頭もいます。

アールくん、ジェイくん、エルくんはゴールデンレトリーバー。ユウくん、ディーくんはバーニーズマウンテンドッグ。この子たちだけでもすごいはくりょくです。ディーくんはジーニーくんと同じくらいの、六十キロ近くもありそうなとくべつ大きな体で、その「ふたり」はとてもなかよしです。

ほかに、ほごされて持ちこまれたにゃんこたちも二十一ぴき。

ほごされた犬やねこを引き取ってくれる里親さがしをしたり、「殺処分」をなくすための運動をしたりする、「スマートスマイル」という動物愛護団体の活動もしているので、犬好きの人たちの中では有名なご夫婦です。

「殺処分」というのは、飼い主にすてられたり持ちこまれたりして、市や町のしせつにほごされた動物が、決まった期間をすぎると命をうばわれる「処分」です。ずっとずっと、はるか昔から人といっしょにくらして来た犬やねこの命が、ごみのように、「処分」されるのです。

冷たい小さな部屋の中にガスがいっぱいになって、こきゅうができずに苦しん

で死ぬ、それが殺処分。

いろんな愛護団体のおかげで殺処分が0になった市もあります。それでも、そういうところはまだまだ少なく、取り組んでくれる市や町がこれからもっともっとふえていってくれるといいと、ここに集まる人たちみんなが思っています。

でも、もとはといえば、犬やねこを平気ですてる人や、お金もうけのためのただの道具のように考えている人たちがいるからです。

外国では、犬やねこをお店では売らないところが多いけれど、日本ではペットショップに行けばいつも子犬や子ねこがいる。命が、商品なのです。とても、悲しいことです。売れ残ったら、どうなってしまうのか。行き場のない子たち。考えただけで、悲しくなります。

ナナさんはおくさんのゆっこさんと友だちで、だんなさんのじゅんさんとは同じ中学だったこともあって、ほごねこの里親を見つけるとか、せんでんするなどの協力をして、「スマートスマイル」をいつもおうえんしています。

かんばん屋さんは鉄などを加工するので、そのわざを生かしてじゅんさんが自分で庭に犬用のプールを作ったり、バーベキューのできる場所や「ピザがま」も作ったりしてあって、ときどき「わんこのつどい」を開いてくれるのです。

大きな犬を連れて来る人が多く集まるので、ふだん見たことないくらいにたくさんの大きなわんこがその辺をうろうろしていて、思わず「わ〜〜」と声を上げるくらい、すてきですごい光景（こうけい）です。

その日は、ジーニーくんのお父さんも、こしがなおって一家で参加です。

ナナさんもアルとクッキーを連れて家族みんなで、そしてとも子先生とモミジちゃんもいっしょに参加しました。

もう、たくさんのお友だちが来ています。みんなそれぞれに材料を切ったり、お肉を用意したりし始めました。ゆっこさんは飲み物の用意をしてくれています。そんな人たちの間を大きなわんこがうろうろぞろぞろ。小さなわんこがふまれないか心配になるほどたくさんです。

じゅんさんは、犬とじゃれあうのが大好き。コンクリートのゆかにねそべって、大きなバーニーズにうもれています。

さいしょにここに来た時はびっくりしていたアルですが、今はにこにこ歩いています。いろんなわんこが近よっても、もう平気です。クッキーはこわがりなので、大きなわんこに近よれません。

ひろ子さんちのマックスくんは、元気いっぱいであまえんぼうのゴルの男の子ですが、よそのわんこがちょっと苦手。気が合えばいいのですが、うまくつき合えないことも多いのです。犬でもいろいろせいかくがあるので、そこは人が気をつけてあげないといけません。クッキーとマックスくんには、少しはなれた場所にいてもらいます。歩けなくなってきたモミジちゃんも、いっしょの場所にねています。


バーベキュー大会でおなかいっぱい食べた後、ゆっくりお茶を飲みながら、ゆっこさん、ひろ子さん、ナナさんに、とも子先生が打ち明けました。

「あのね。うちのモミジのことなんだけどね。かんぞうやすいぞうにガンができ

Ma

ているんだって。ほかにもたくさんあって手じゅつできないじょうたいだって。……もう、年も取っているから、しかたないことなんだけど。ハナが亡くなってから、まだ半年しかたってないのに。」

四人とも、わんことのつらい別れは知っています。みんな、顔がくもりました。

ゆっこさんが、

「何度けいけんしても、ほんとに、いやだね。つらいね。」

ひろ子さんもナナさんも言いました。

「そうなんだよね。人より短い命だから、ぜったいに別れが来るんだよね。」

「わかってはいるんだけどね。わかってはいるけど。」

そうなんだよ。犬もねこも、人よりずっと早く一生を終えてしまうんだよね。

みんな知っていることだけど。

空にかかるにじの橋

「わんこのつどい」の後、十日ほどたったある日、とも子先生がワン2(トゥ)ミーハウスに来ました。ピアノの先生たちの研修で、一週間の予定でドイツに行くのです。モミジちゃんをあずかることになりました。

「ナナさん、ほんとはね、モミを置いて行くのはすごく不安だし、今、はなれちゃいけないような気がしているの。夜もねむれないくらい、なやんだんだけど……でも、こんないいチャンスはもうないかもしれないの。」

「うん、うん。」

「今なら、まだモミは元気がありそうだし、ナナさんにあずけるなら安心だから……、行くことに決めちゃった。」

「そうだよ。モミちゃんも、行った方がいいよって言ってくれるよ。せきにんもってあずかる。何かあったら、すぐにれんらくするね。」

そして、「皮下ほえき」のしかたを教えてもらいました。

「今日の分の注射を、ここでするね。いっしょにやって。」

そう言ってとも子先生は、ナナさんに教えながら始めました。

まず、「ゆえき」（薬の液体）のふくろを電子レンジで三十秒、あたためます。五百ミリリットルもあるので、注射した時、ヒヤッと感じないようにするのです。そして、モミジちゃんをねかしている場所の上の方に、ホルダーに入れてつるします。ふくろの下にチューブをさしこんで、それに注射針をつけます。チューブに入っている空気を先に出してからせなかの皮をつまみ上げ、そこにナナさんがななめに針をさしました。モミジちゃんはピクリとも動かずじっとしています。ゴムのポンプでふくろのホルダーに空気を送って早く「ゆえき」を落とすようにし、注射は終わりました。

「よくわかったよ。ちゃんとやるから、安心して。それから、毎日、メールで様子を知らせるね。」

「よろしくお願いします。」

そうして、とも子先生はドイツに出かけて行きました。

モミジちゃんは、その二、三日前からほぼねたきりになっていました。かいご用の、取っ手のついたベストを着せてあります。取っ手を持って起き上がらせ、お世話をします。ご飯はほとんど食べられなくなっていたので、針のない大きな注射器みたいなシリンジを使って、かんづめの特別なドッグフードを口に流しこみ、飲みこませます。

それでもモミジちゃんは、にこにこ笑顔を見せてくれるし、ジャーキーなら少しだけ食べようとします。

歩けなくなったので、犬用のオムツを使い始めました。このオムツは、ゴル友だちの間では伝説の「長生き王子」、十八才で亡くなったネイビーくんが使っていた残りを、佐藤さんが送ってくれたものです。

佐藤さんも、ブルーくん、ネイビーくんを亡くしています。みんな、わんこが空に旅立つのを見送った悲しさやつらさもふくめて、犬のすばらしさやいっしょ

にくらす楽しさをよく知っている犬友だちです。

アルは犬用ベッドにねているモミジちゃんのそばによりそうようにねていました。

やさしいゴルが好きなちょびも下の部屋に下りてきて、あたたかいおなかの毛にうもれてねています。

ナナさんは、モミジちゃんの様子にいつもよりもっと心を配りながら、お世話をしていました。フードも、いつも同じより食よくが出るかなと思って、あまくにたニンジンやさつまいもをミキサーにかけてまぜてみました。犬は、あまい味はよくわかるんだそうです。

「モミー、なみちゃんの様子、見ていてくれる？」

「お母さん、ごっちゃになっているよ。」

「あれ、なみってだれ？　まざっちゃった。

なつ、モミちゃんの様子見ててね。よーく見ててね。たのむよ。」

ほうもんの仕事に出る時は、ハウスに残すモミジちゃんのことをなつちゃんにたのみました。


あずかり五日目。

モミジちゃんは、もう自分からは何も食べません。口に入れるのをいやがるようになってしまいました。でも、食べないと早く死んじゃうんだよ。むりやり口に入れて飲みこませます。モミジちゃんは、後ろにのけぞっていやがります。

「がんばって。少しだけでも食べて。」

ナナさんはかわいそうに思いながらも何回か飲みこませました。


その夜のことです。モミジちゃんは、はげしいはき気におそわれていました。ほとんど食べていないので、出るものはありません。でも、はげしく「おえっ」と、はきもどすようになって、よだれだけを出しました。

ナナさんは、そんなモミジちゃんにつきっきりでかん病しました。おえっと

なっている時はせなかをさすりながらよだれをふいてやり、それが終わったらおなかをさすってやるのです。ほぼ三十分ごとにはき気はおそってきました。
ひとばんがそうやってすぎ、明け方になりました。はき気はどうやら落ち着いています。モミジちゃんのとなりにざぶとんを三まいしいて、そこでナナさんはねむっていました。そばにはアルとクッキーがよりそってねむっていました。

目が覚めると、ドイツにいるとも子先生に、メールでモミジちゃんの様子を知らせました。そして、今は落ち着いているし動物病院に行くので心配しないように伝えました。メールを使えばどこの国にいてもすぐにれんらくが取れるからとても便利です。今日で六日目。とも子先生からは、明日には帰れると、返事がありました。

はなさと動物病院に電話をすると、まだ開院前の時間だったけれどすぐに来るように言ってくれました。すぐにナナさんはモミジちゃんを連れて行きました。
はき気の様子を話すとじゅういさんは、薬を用意してくれました。待合室で待っている時も、モミジちゃんは頭を上げることができません。横にねたきりのしせいでした。たくさんの犬のそういう様子を見てきたじゅういさんには、モミジちゃんのこの後のことがよくわかっていたのでしょう。

「安楽死（あんらくし）ということも、選ぶ道の中にはありますよ。」

と、言いました。

その時、ナナさんの頭には、その言葉が何かフラッシュのようにするどい光となって差しこみました。え？　何？　それを言ってしまう？

「安楽死……。」

安楽死とは、薬を使って、苦しまずに死にみちびくことです。でも、人の手で死なせる、ということ……。まだある命をうばうことになる。

ハウスに帰る道も、なんだか空（くう）にうかんでいるように足元がふわふわして、心はみだれ、だれかに話さないではいられない気持ちになりました。

そのばん、九州にいる知り合いのじゅういさんにそのことをメールしてみました。すぐに返事が来ました。

「安楽死と聞くとびっくりするかもしれないけど、いたみや苦しみをなくす『ちりょう』の一つと思えばいいんじゃないかな。それは、生きるためのちりょうではなく、死ぬためのちりょうだけどね。ただ、命の終わりを人が決めてしまうわけだから、選ぶか選ばないかは、一番近くにいてその子のことを一番わかっている人が考えるしかないんじゃないかな。」

うん。……う……ん。

モミジちゃんの病気は、治らないものです。ガンは取りのぞくことができず、そのためにいたみや苦しみがおそってきます。いたみや苦しみを取りのぞくためのちりょうの一つが安楽死……。そういうことなのか。

人間がその時を決めてしまうなんて、神様でもないのにぜったい、いけないと思ってきた。でも、苦しむしかないわんこに対してだったら、それを選ぶのも一つの道なのかな。

でも、考えても考えても、どの道を選べばいいのかわかりません。だって、まだ生きている命を終わらせることになるんだもの。いたみや苦しみだけを、なくしてあげられればいいのにな。そして自然に、「その時」がむかえられればいいな。

横になって動かず、それでもにっこり笑いながら目でナナさんを追ってくれるモミジちゃんを見ながら、もう、いやがるのにむりに飲みこませるのはやめよう、と思いました。


とも子先生が帰って来ました。

その日の朝は、モミジちゃんはまだ、口に入れてやったお水をごっくんと飲んでくれていました。

でも、お昼近くになったころ、もうお水も飲めなくなっていました。息があらくなっています。とも子先生は、なみだぐみながら言いました。

「モミ、よくがんばったね。がんばらせちゃって、ごめんね。……つらいんだったら、つらいんだったら、もうがんばらなくていいよ。」

その言葉が伝わったかのように、お昼すぎになってモミジちゃんの息が弱くなってきました。そして、かく、かくとあごが動くけど息ができず、ついに止まってしまいました。

「モミジ！」

とも子先生が思わずモミジちゃんにだきつきました。すると、止まった息がまた、もどってしまったんです。

さいごまで、とも子先生の言うことを聞きたかったんだね。

よばれてもどって来るなんて。

「ごめん、モミジ！……よび止めちゃって、ごめん。がんばってちゃんと見送るからね。つらさを長引かせちゃった。」

とも子先生の目からたきのようになみだが落ちました。そばにいるナナさんの顔もなみだでぐっしょりです。

そうしてモミジちゃんは静かに息を引き取りました。

犬やねことくらしている人たちは、みんな、この大きな悲しみをせおっていくんだな、と、ナナさんは思うのでした。こんなに悲しいのに、こんなにつらいのに、かならずそんな別れが来るのに、それでもいっしょにくらしたいんだよね。

それは、悲しみやつらさよりずっと大きな幸せをわたしたちにくれるからなんだな。それに、いろんなことを感じさせてくれるからなんだな。モミちゃんのおかげで、命についてすごく考えたし、わかったことがあったよ。

五日後の夕方、空に大きな大きなにじがかかりました。二重になった大きなにじは、長い間出ていました。ナナさんは買い物に行ったお店の駐車場(ちゅうしゃじょう)で、長い間にじをながめていました。近くで見ていた人たちが帰ってしまった後も、ずっとずっと、にじをながめていました。

低貨專門店

あとがき

お話の中で、「わん2ミーハウスができるまで」での、三匹についての出来事は、ほぼ、実際にあったことです。そこから、創作が始まりました。

残念ながら、ゴールデンの「アル」は半年前に虹の向こうへ旅立ちました。四度の大病と手術を乗り越え、もう少しで十四歳になるところでした。私が忙しい仕事を辞めて四ヵ月後。それを待っていたかのように、治らない病気が見つかってから、一ヵ月ちょっとの介護の後のことでした。

食いしん坊だったアルが食べ物を嫌がるようになった時、「食べないと早く死んじゃうんだよ」と無理やり飲みこませてしまいました。生きていてほしかったから。

でも、アルはどうだったのかな。大好きだったパンのにおいをかいでうれしそうにぱく、とした後、すぐにいやな顔になってしまったことを悲しい気持ちで思い出します。

何かを食べると気分がすごく悪くなっちゃったんだろうね。ごめんね。私は一日でも長くいっしょにいたかったんだよね。でもそれは、アルにはつらさを長引かせることだった。悲しみを先送りしたい私のエゴだったんじゃないかと迷うこともあるけれど、私としては心いっぱい（力いっぱい、のような感じで）介護できたから、アルも「いいよ」と言ってくれると思います。

病気になったアルの身に起こったいろんなできごとは、アルの代わりに、犬友達の「朋子さん」と、先に空に行った朋子さんの愛犬「モミジちゃん」の名前をお借りして書きました。その時アルに向けて、思いをふりしぼってかけた私の言葉も、とも子先生に代わりに言ってもらいました。書くことで、私の気持ちも虹の向こうへ送れたかな、と思います。

そして、モミちゃんと、とも子先生のおかげで、アルはお話の中ではまだ生きています。

アルが空に行ってしまって、私はこのしっぽのある家族たちからとても大事なものをもらっているんだということを、悲しくて悲しくて涙に溺れながら、改めて強く実感させられました。それを、ただの思い出にはしたくない。何か、形に残したい。できることなら、他の人にも伝えたい。すてきな家族で、友達でもあるわんにゃんの話を読んでほしい。そんな思いが強くなり、文章になってあふれてきました。

そんなお話です。

生き物（命）と深く触れ合う機会がなく、遊びもゲーム等が中心だという子どもたちも多いと思います。そういう子どもたちに、是非わんにゃんの素晴らしさを知って欲しいと思いました。

たくさんの命をいただいている人間として、命について考えることはとてもとても大切なことだと思います。そういう機会にもしてもらえるといいな、と思います。

最後に。

朋子さんはじめ、「スマートスマイル」のゆっこさんと淳さん、ひろ子さん、ジーニーパパの清志さん、ネイビーパパの佐藤さん、九州の獣医さんの江坂先生、「わん

あとがき

このつどい」でのことなど、実際にいるお友達との交流の中から書かせていただきました。

かかりつけの動物病院の先生方にお世話になったことも、お話の中の大切な部分になりました。

いろいろ考えさせてくださってありがとうございました。そして、これからもよろしくお願いします。

二〇一八年三月　さなか　まゆみ

著者プロフィール

作・絵　さなか　まゆみ

1957年、長野県飯田市に生まれる。

埼玉県立教員養成所を卒業後、新座市、さいたま市の小学校に勤務。

退職する2017年まで、さいたま市図工美術専門部会、埼玉県美術教育連盟に所属し、図画工作の研究を行う。

現在、さいたま市のスクールアシスタントとして勤務する傍ら、童話や絵本の制作に取り組んでいる。


わん2（トゥ）ミーハウスにようこそ！

2018年９月15日　初版第１刷発行

作・絵　さなか　まゆみ
発行者　瓜谷　綱延
発行所　株式会社文芸社
〒160-0022　東京都新宿区新宿1－10－1
電話　03-5369-3060（代表）
03-5369-2299（販売）

印刷所　株式会社フクイン

ISBN978-4-286-19777-7